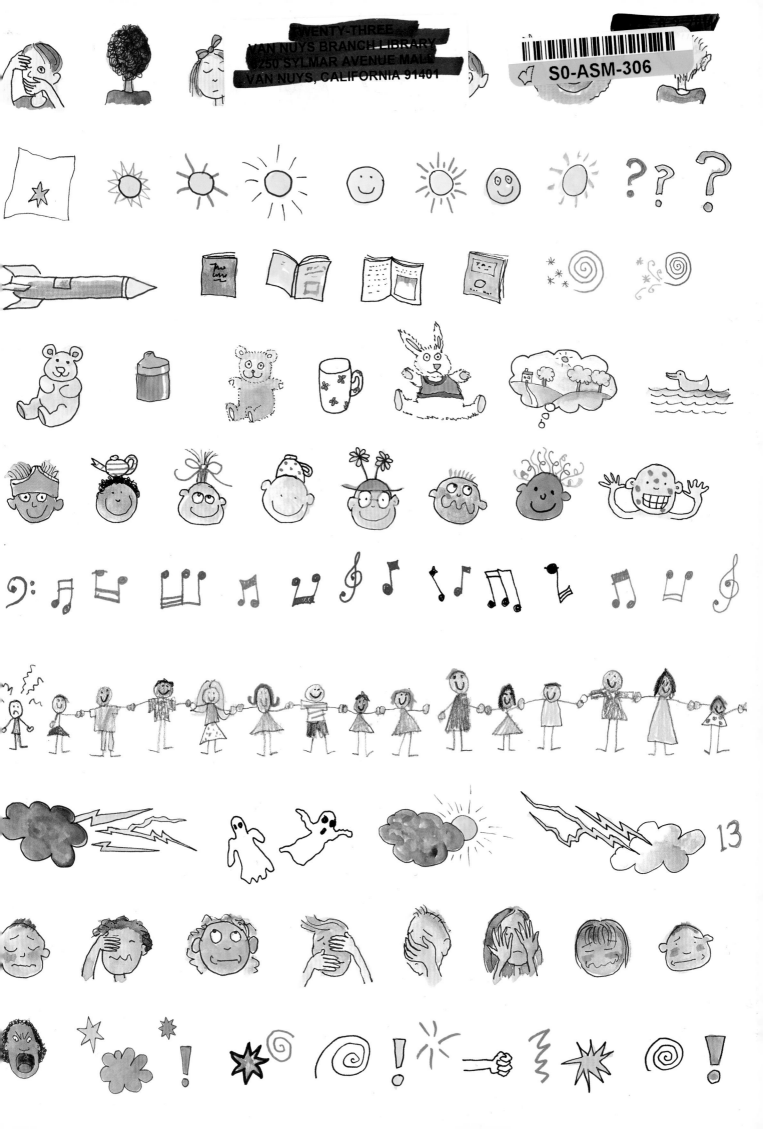

Para Viola y Elodie Harvey, con amor - MH
Para Isabel, Alexina y Charlotte, con amor - RA

Título original: The Great Big Book of Feelings
Texto © Mary Hoffman, 2013
Ilustraciones © Ros Asquith, 2013
© Frances Lincoln Limited, 2013
Publicado por primera vez en Gran Bretaña y en EE.UU. en 2013
por Frances Lincoln Children's Books, 4 Torriano Mews,
Torriano Avenue, Londres NW5 2RZ
Todos los derechos reservados

© de la traducción española:
EDITORIAL JUVENTUD, S.A.,
Provença, 101 - 08029 Barcelona
info@editorialjuventud.es
www.editorialjuventud.es
Traducción: Teresa Farran
Primera edición, 2013
ISBN 84-261-3954-2
DL B 27790-2012
Núm. de edición de E. J.: 12.556

Printed in Shenzhen, Guangdong, China by C&C Offset Printing in December, 2012

El gran libro de las emociones

Búscame al girar la página

Mary Hoffman
Ilustrado por **Ros Asquith**

editorial juventud
Barcelona

S
xz
folio
H

¿Cómo te sientes hoy?

¿Cómo crees que se sienten estos niños?

No siempre es fácil decirlo.

FELIZ

¿Qué te hace feliz?

Muy bien, pero ¿y mi comida?

Quizá abrazar a tu mascota.

O leer tu libro preferido.

Algunas personas parecen nacer más felices que otras.

Ver brillar el sol puede ser suficiente para que te sientas muy feliz.

TRISTE

Un día de lluvia puede ponerte triste. Pero es una tristeza pequeña.

Lo siento, me olvidé

Cuando alguien se olvida de tu cumpleaños, es una tristeza mayor.

Pero cuando se muere alguien a quien quieres, la tristeza es tan grande que oscurece tu vida como la más enorme nube de tormenta.

R.I.P.

EXCITADO

¿Qué te hace sentir excitado?

Podemos estar muy excitados cuando tenemos una excursión.

Pero algunas personas hacen cosas realmente excitantes, como saltar de un avión o escalar en alta montaña.

¿Cuál es la cosa más excitante que has hecho tú?

Aburrido

Cuando no ocurre nada excitante, puedes sentirte aburrido. A los mayores no les gusta que digas: «Me aburro». Quizá porque ellos nunca tienen tiempo para aburrirse.

ABURRIDO ABURRIDO **ABURRIDO!**

Algo que te parece aburrido puede llegar a ser interesante, incluso excitante, si le das una oportunidad.

Podría intentar cocinar

ENOJADO

¿Qué te hace enojar?

¡AY!

¿Pequeñas cosas como golpearte un dedo del pie?
¿O cuando los padres o los profesores son injustos?

Una horrible sensación de calor
burbujea dentro de ti y te gustaría
gritarle a alguien o arrojarle algo.

A menudo descargamos nuestro
enfado en alguien o algo, solo porque
lo tenemos al lado.

FFffffff

Los gatos
mueven la cola
cuando están
enojados

¿Qué puedes hacer cuando estás enojado,
en vez de lastimar a otros?

Contar hasta diez.　　Ir a caminar.　　Gritar.

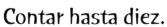

Patear.

Un baile furioso.　　Dibujar el enojo.

Golpear una almohada.

SALVEMOS NUESTRA BIBLIOTECA

LOS NIÑOS NECESITAN LIBROS

A veces sentir enojo
puede ser bueno.

DISGUSTADO

¡Algunas cosas pueden disgustar a cualquiera!

Ser ignorado por tus amigos...,

ser acosado..., o perder a alguien que quieres... Serías un robot si no te sintieras disgustado por cosas como estas.

Pero a algunos les disgusta mudarse de casa o cambiar de escuela, mientras que a otros les parece excitante.

¿Cómo puedes tranquilizarte después de un disgusto?

Algunas personas se tranquilizan cuando están cerca del agua, porque tiene un sonido relajante.

Cuando te sientas disgustado, te puede ayudar pensar en cosas que te hacen sentir tranquilo y sosegado.

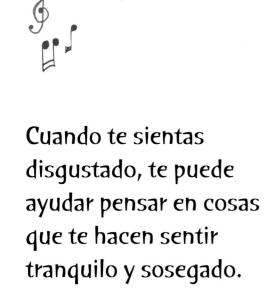

TONTO

A veces te sientes un poco tonto.

Puedes tener ganas de hacer o decir o ser algo muy tonto.

BAR TONTO

Frijoles saltarines

Carne y natillas asadas

Tarta de manzana con kétchup

Nidos de ranas

A veces incluso los adultos se sienten así.

S.LO

Todos nos sentimos
solos a veces.

Quizá porque piensas
que no tienes ningún
amigo. O porque te
sientes diferente
al resto del mundo.

A veces te sientes solo en medio
de una multitud, sobre todo si acabas
de llegar a un nuevo país para
vivir en él.

Sé que no será mi amiga...

La mejor manera de hacer amigos es ser amable. Nunca se sabe: ¡quizá otras personas también se sienten solas!

ASUSTADO

¿Qué es lo que te asusta? A la gente le pueden asustar muchas cosas: las arañas, las alturas, los perros, nombrarlos en voz alta, la oscuridad, las serpientes, el número 13.

¡Algunos se asustan incluso de unas rodillas!

Pero sobre todo tenemos miedo de que algo o alguien que tenemos cerca nos pueda lastimar.

¡BANG!

¡CRASH!

SEGURO

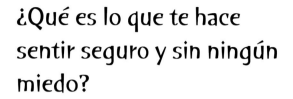

¿Qué es lo que te hace sentir seguro y sin ningún miedo?

¿Quizá estar en casa bien calentito cuando fuera hace frío y está oscuro?

¿Acurrucarte bajo las sábanas a la hora de ir a dormir? ¿Tener a alguien que te cuida y en quien confías?

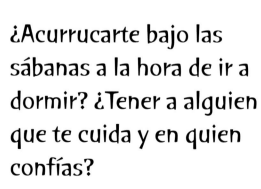

Avergonzado

¿Te has sentido avergonzado alguna vez? Todos hemos pasado momentos embarazos y cuando pensamos en ellos n gustaría escondernos.

¿Quizá uno de tus padres te avergonzó en público?

¡Juan, olvidaste tu osito!

VIAJE ESCOLAR

A nadie le gusta que le hagan quedar como un tonto ante los demás, pero eso nos pasa a todos.

Aunque a algunos no parece importarles: nunca se sienten avergonzados.

No nos importa lo que piensen los demás

Tímido

¿Eres tímido? Algunas personas son tímidas a veces, pero algunos de nosotros lo somos todo el tiempo.

Si no te gusta conocer gente nueva, o no te gusta hablar ante un gran grupo, o te escondes detrás de tus cabellos o de un libro, probablemente eres una persona tímida.

¿Por qué lleva una funda de almohada? ¿Cree que es un disfraz?

No, solo es tímida

SEGURO DE SÍ MISMO

¡Yo PUEDO hacerlo!

Algunas personas siempre parecen seguras de sí mismas, pero es probable que más de una se sienta realmente tímida en el fondo.

GANADOR

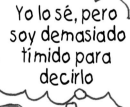

Yo lo sé, pero soy demasiado tímido para decirlo

Mi hermano está enfermo

PREOCUPADO

Brutos

¿Qué cosas te preocupan?

Los adultos se preocupan por cosas como el dinero, pero si tus padres discuten delante de ti, puede que tú también te preocupes.

¿Qué haces cuando estás preocupado? Lo mejor es explicarle a alguien cómo te sientes.

Papá está triste

Está pasando algo malo

Existe un proverbio que dice: «La preocupación suele proyectar una gran sombra de algo muy pequeño».

Pero si no puedes hablarlo con nadie, puedes escribirlo en un cuaderno.

CELOSO

Tener celos es algo horrible. Puede ocurrir cuando piensas que alguien quiere más a otro que a ti. Puedes tener celos de un hermano o de una hermana.

Incluso puedes sentirte celoso de un amigo.

Es uno de los sentimientos de los que más cuesta librarse, pero vale la pena intentarlo.

Todos los otros gatos ya han comido

Algunas personas llaman a los celos "el monstruo de ojos verdes".

Cómo acabar con el Monstruo de Ojos Verdes

~~Patadas~~ ~~Veneno~~
Encontrar nuevos amigos ✓
Quererse más a uno mismo ✓

¿Quizá tú puedas encontrar otras maneras de acabar con el monstruo de los celos?

SATISFECHO

¿Te acuerdas de cuando no sabías ponerte de pie ni caminar? Probablemente no. Pero cuando los bebés o los niños pequeños están aprendiendo a hacer algo, van probando hasta que consiguen hacerlo bien.

Te estiras para conseguir ese objeto brillante que está fuera de tu alcance.

MONTAÑA RUSA

DEBES TENER ESTA ESTATURA PARA PODER SUBIR

¡Oh! Me lleva och[o] meses y aún n[o] sabe caminar

Pero ¿verdad que es satisfactorio cuando consigues acabar una tarea, o alcanzar algo que querías?

Grado de Piano ♪

Dominio de la 🚲 bicicleta

Sé saltar a la pata coja

Sé leer

SINTIÉNDOTE MEJOR

Algunos piensan que las emociones son privadas y no se debe hablar de ellas. Otros dicen que es bueno que los demás sepan cómo te sientes, porque así, cuando te sientes mal, pueden ayudarte a sentirte mejor.

Compartir una emoción positiva puede hacer sentir mejor a alguien

Hay muchas más emociones y maneras de sentirse que las que están descritas en este libro. A ver si se te ocurren algunas.

Puedes sentir un montón de cosas diferentes al mismo tiempo. O sentirte de un montón de maneras diferentes en un mismo día.